雨をよぶ灯台

マーサ・ナカムラ

martha NAKAMURA

思潮社

雨をよぶ灯台

マーサ・ナカムラ

目次

装幀　外間隆史

雨をよぶ灯台

鯉は船に乗って進む

雨が降っている
水しぶきが空気を裂く音と、
車のタイヤに巻かれる音を聞いているうちに、
私は船に乗って進んでいるような気持ちになった。

仏が茶を点てるというので、浅草寺まで見に行った。
雷門の外まで人が溢《あふ》れている。賽銭箱の前まで回ってみると、金槌ほどの大きさの仏が、怖い顔の僧侶に守られながら両肩いっぱいに力をいれて茶を点てている。

寒い日で、仏は映像を映し出す綿入れを着込んでいた。


眺めていると、綿入れは白黒の古い映像を映し出した。

曇天の下、真白な豪華客船が陸を離れていく。

客船が沖へ進むにつれて、空からは初雪が落ちてきた。

吐息も凍る甲板の上で、寝袋を着たまま立って歩く人もいる。

彼らは「万歳《ばんざい》」という言葉の代わりに、祖国に向かって「叛逆《はんぎゃく》」と声をあげている……若い男たちの声が、まるで合唱隊のように響く。

船内のダンスホールでは、選りすぐりの美女たちが脚をあげて踊っている。

(今見ると、皆寸胴でとても美女には見えない)

映像は、船が海上で爆破されたところで途切れていた。

この映像を見ているうちに、私は船の売店で食い物を見ていた少女に成り
代わって、涙が止まらなくなってしまった。

観音通りの出店では、真白な鯉を木陰染めにして売っていた。

「水が漏れてる」。隣の女が言った。
確かにひどい雨だ。世の端から融け出しているかのようだ。あっという間
に身体が水に浸かった。
仏が頭まで水に浸かり、映像が雨水に融け出してゆく。
母の布団に針を撒いた
新しい男の顔が描かれた敷物の上で生活をした
病院の窓硝子に心臓が映った

僧侶がタモで映像をすくい上げている。わたしの足下まで仏も拡がってしまって、果たしてすくえるのだろうか。

通りには人が溢《あふ》れていたので、吉原の方まで泳ぐように帰った。鯉を買った人たちには舟が出て、水面に浮かんだ映像の染料が、洋服の染みにならないかしきりに気にしていた。

サンタ駆動

ぷつりと目が醒めて、外に出た。紫に薄墨の混じる夜の闇が、首筋に覆いかぶさる冷気に溶けた。空には雲どころか鳥一羽おらず、星がきんきんと輝いていた。何年間も庭に打ち捨ててあった三輪車を、がらがらと道路に引きずり出し、どこということもなく、ペダルをこぎ始めた。夜が明けるまでに、行き着く場所を考えていた。

重々しい鐘の音がごろごろと響いた。鐘が鳴り止むとすぐに、近所に住む某という爺がたった今死んだという放送が流れた。寝静まったはずの集団住宅が、落胆し、諦めと悲しみの混じったため息を吐いているかのようだった。三輪車は、とうにゴミ捨て場を過ぎていた。構わず行ってしまおうと思った。しかし、磨きあげられた宝石のように思われた星の輝きが、突如看守たちの爛々と光り輝く白い目玉のように思われた。不気味さに私は震え上がり、必死にペダルをこいだ。小さなペダルは私の足にすっかり押しつぶされ、車輪も死に物狂いでよちよちと歩を進めた。しかし、ひどく焦るあまりに前のめりになって三輪車を倒してしまい、そのまま振り返らず後ろ足に蹴飛ばした。そうして冷や汗とも脂汗ともつかない体液をだらだらと流しながら、がむしゃらに校庭に向かって走り出した。

校庭にはすでに五百人くらいの男たちが集まっていた。人々は思い思いにざわざわと蠢き、星の光は、校庭の砂をつぶさに照らし出していた。しかし彼らの顔は闇にまぎれ、誰一人見分けがつかなかった。遅れて校庭に入ったということが知られぬよう、私は無理やりに人の間に入った。氷点下の気温にもかかわらず、皆じっとりと汗をかいていた。頬についた男の汗を手の甲でぬぐい、においをかぐと、かすかに鉛の香りがした。その香りが、私を不思議に安心させた。湿った手の甲を乾いた唇に押し当て、何度も何度も鉛を味わった。

その時、後方から金きり声が響いた。最後列の男たちが、全身を竹のようにしならせた看守たちによって、渾身の力で打たれていた。端の男は右の手足を折られ、よたよたと悶絶しながら、無理矢理に立ち上がろうとしていた。黒い影の中に、血と激痛がにじみ出るように見えた。

「全治5年」

隣に立っている男がつぶやいた。5年後に、あの男は生きてはいまいと私は思った。

最後列の者たちの処分が終わると、次列の処分が行われた。突如、背中を猛烈な圧力が押した。絶叫を連れて、激烈な勢いで、隣の男も誰も彼もが人を掻き分け、一足でも無理やりに前へ足を伸ばし、人の間へ身を隠そうとした。転倒して、何十本もの毛足に踏みつけられ、顔をくしゃくしゃに縮こませていたのは、小学校時代の同級生のＩだった。しわとしわの間に汗と涙をにじませ、私に助けを求めているようだったが、瞬く間に何千本もの毛足に踏み潰され、Ｉは塵芥とともに消えてなくなってしまった。寿命だったとは思いつつも、Ｉの激痛を想像せずにはいられなかった。今後、Ｉへの罪悪感は、いつまでも消えることはないと思った。

何十万もの男声大合唱と、何百万もの靴音が奏でる爆音が大脳を震わせ、目を開けられなくなった。砂まみれの両手と頬に吸い付く白い腕の中で、歯を食いしばりながら目と耳を護った。気が狂ったかもしれないと思った。どこから看守が襲い掛かってくるのかも分からなくなっていた。

前方から、低く小さな声が流れていた。一本の太い管から流れる百獣の咆哮となった雑音の中で、唯一人間味ある声であり、心臓の中に直接流れ込んでくる音色のようだった。しかし、理性を失った男たちの怒声と泣き声がそこらをかき乱し、内容は全く聞き取れなかった。

獣の低いうなり声を残しつつ、突如人々はその場に直立した。身体を破壊され、すんすんと泣く者の声を、初めて聞くことが出来た。嗚咽こそあるものの、彼らの号泣は慎ましやかであり、ある種の神聖さを感じさせるくらいに密やかだった。体を包む熱気から判断して、私は集団の、ちょうど真ん中あたりにいるらしかった。相変わらず、子どもが驚かされた時に出すような、どこか間の抜けた叫びが、秒針のように一定のリズムを刻んで、星空に吸い込まれていくのを見た。そのたびに星はきんきんと輝いた。空には薄雲一つかかっていなかった。

前方からの低い声は相変わらずうんうんと続いていた。やがて声は更に小さく、低くなった。灯火の終焉を感じさせた。糸でつられたように直立していた周りの男たちが、ふらふらと肩を揺らし始めた。前方からの声は消えていた。不安で眼球が震えた。すると隣の男が、こっそりと小さな液晶画面を私に向けてくれた。後に聞いた話によると、彼は私を愛していたという。

いかがわしいホテルの一室が映った。薄暗い部屋の中で、裸の男が、頭や腹から血を流しながら、熊から逃げ回っていた。人形のように長くなめらかな手足を振り回し駆け回ってはいるが、武器どころか衣服も身につけない彼は、黒光りする白刃を体中に持つ獣の前に為すすべもなく、体液を垂れ流しながら、時に熊に体を嚙まれていた。その度に男は絶叫するのだが、不思議なことに、体はいつまでたっても削ぎ減らなかった。部屋の壁は白くもやのかかった、人工の氷で出来ていた。その時、私は初めて今日がクリスマスであることに気がついた。

私たちは今夜、サンタクロースとしての任務を遂げなければならない。子ども達に見つからず、プレゼントを部屋に届けられたら、晴れてこの収容所を出られ、家に帰れるということだった。

しばらく家には帰っていない。幼い頃から献身的に愛をそそいでくれた父母が思われた。未だに私の犯した罪を信じきれず、椀に飯をよそっていることだろう。もう二度と、昔のように清らかな思いで両親に向き合えないことを、心の底から悔しく思った。


白い住宅の連なりをながめつつ、一人、音も踏まずに、ひたすら足を前に進めた。空を見上げると、やはり星が輝いていた。冷気は空を奥深く澄みわたらせ、私の肺からこぼれる湯気が、時折浮かんで頭上にかかるだけだった。

鍵が開いている住宅を見つけ、子供部屋に上がった。青い掛け布団の中には、すっぽりと品よく、黒い頭が入っていた。顔は覆われ全く見えないが、おそらく小学4年生くらいの、優しい眉をした男児であろうと思った。

かすかな石鹸の香りが鼻をついた。鉛のにおいは含まれていない。機関車のアップリケのついた、手作りの給食袋。中途半端な大きさの体操着袋。主張のないCDラック。大きく花丸のしてある藁半紙。ここは帰って眠るだけの部屋だ。

中身も分からない、小さな白い小包を手首からはずし、たんすの上にある真ん中のホックに、なすりつけるように引っ掛けた。

「見てないよ」

慌てて顔を壁に押し付けた。心臓が鳥のように羽ばたいた。口と肩が震えて、つられて鼻がひゅっと鳴った。

「見てないよ」

背中の向こうで、布団が上下に優しく揺れていた。

「見てないよ。大丈夫だよ。何も見てないから大丈夫だよ」

かさかさと、硬いシーツが折れて所々丸くへこむ音がした。両目を手でふさいでいるらしかった。私の目から、感謝とも後悔ともつかない涙が垂れてきた。

「ごめんなさい」

逃がしてくれと哀願しているわけでもなかった。ただ、涙と共に溢れてきた。

彼は何も答えなかった。健やかな呼吸音だけが聞こえた。春の息吹を信じ待つふきのとうのように、4本の指の下で、彼は固く目を閉じていることだろう。

「ごめんなさい」

ベランダを出て、庭に駆け下り逃げ去った。

青白い病人の顔に紅がさすように、刻々と空は新たな色に染まりつつあった。星は空に残り、相変わらずきんきんと輝き続けた。

自宅の門扉を開けると、明け方だというのに灯りがともっていた。リビングでは父と母が、朗らかに笑いながらテレビを見ていた。

「飯はもう食ったか」

父が以前と変わらぬ調子で私に声をかけた。応える前に母が椀に飯をよそってくれた。

父は白いソファの上であぐらをかき、母はテーブルの上に置いたパソコンに寄りかかるようにして座っていた。父と母の間に座って、私は白い米を口に入れた。黒いテレビの中で、黄色いタキシードに身を包んだ司会者が冗談を言った。頭を黄色く染めた観客がどっと笑い、父と母もハハハハハと笛のように笑った。

まるで何もなかったかのようだ。ひょっとすると、父と母は、私が数ケ月いなかったことに気がついていないのかもしれない。

見ると、母のこめかみ辺りの毛が白髪の束になっていた。目の下には灰色のくまがあり、深く落ち窪んでいた。唇は老女のように乾き、血色を失っていた。明らかに、数ヶ月前の姿からは変わり果てていた。キーボードを探る指先だけが湿り気を帯びていて、顔はロバのように無表情だった。そして、先程から何を熱心に検索しているのかは、さっぱり分からないのだった。

　時計を見ると、午前5時だった。薄暗い校庭を思った。校庭には、5つの黒い影がふらふらと風に揺れていた。その光景を目にして、多くの人は殺されてしまったんだなと思った。

篠《しの》の目原《めばら》を行く

スナック『真紀』の飾り窓が、
荒く息をするように光っては消える。
光だと思ったものは、真っ白な男の顔だった。
真紀という名前の男が、このスナックで死ぬまで働いて、以来店は閉まっ
ているものの、前を人が通るたびに白い顔が貼りつくのである。

閉まった乗船券売り場の前を通りかかったとき、

真紀さんが窓に貼りついて、私は白く照らされた

一年が明けて春になった
夕方の空の蒼さが浅くなるにつれ、潮は引いていく
あの島へ続く海水は浅くなる
確かに時がくれば、道は整うのである

（大切なのは捨てることではなく、取り戻すこと）

私はあの島まで歩いて行って、
這う百足《むかで》に手を合わせ
祖母から小遣いをもらう
風呂に浸かりながら、

山から落ちた男が
大仏の手の上で目覚めた話など聞かせてもらう

御祝儀

母と千葉県の商店街を回っていると
駄菓子屋の棚が空いていた
昔から懇意にしている店主の爺さんが奥から出てくる
店を閉めるために売り尽くしをしているのである
店先に出されている菓子の箱も古くなっている

『ディズニーレシピ』という冊子があって読んでいると、

店主から「面白いでしょう」と声をかけられた
その中の「ミニーの首飾り」という料理は、
皿の真ん中を真珠の首飾りを模した生クリームが占めていて、
片隅にサラダの付け合わせのついた小さなオムライスが添えてある
「それは面白いけどうちも一冊しかないんだよ
外が新しくて、中身が古いでしょう」
見ると、駄菓子より骨董品が多い
段ボール製の箱の蓋を開けてみると、
中には緑青や錆のこびりついた大量の指輪が並んでいた
奥の和室で、こたつに足を入れている婆さんが笑っている

後ろをチンドン屋が通り、小さな鐘を打ちつける音が響く

何も買わずにそのまま駄菓子屋を出た
母はお菓子をいくつか買って　白いビニル袋を持っていた
ビニル袋も　劣化して白い粉を噴き出していた

チンドン屋は、商店街の店一軒一軒を回って祝儀を述べている
黄八丈の着物の背中だけがわずかにのぞいている

駄菓子屋の左隣は居酒屋で、客の顔と笑い声で溢《あふ》れている
丸い豆電球が店内を朱く染めている

商店街の大門を抜けた
休日の空はすでに昏くなってしまった
居酒屋の灯りは店先まで流れ出ている

チンドン屋が居酒屋の中に入っていくのが見えた
客たちの笑い声は一層昂《たか》ぶっている

実はあの居酒屋はだいぶ前に閉まったんだよ、見に行ってごらん
隣を歩いている男が言う。２人で居酒屋の前まで行くと
朱い電灯の明かりは消え
埃を厚く被ったシャッターが眼前にかかっていた
チンドン屋も消えた
駄菓子屋にも汚れたシャッターがかかっていた

「新しい郵便番号は〒〒〒」という張り紙があった

商店街は全店黒く廃業していた

周りの空気が　急に暗くなって身に押し寄せてきた

思わず悲鳴を上げて男に飛びついた
抱かれながら
そういえば、私の母はどこに行ったのだろうと考えていた

あの優しい男は
私が家で泣いているときに
カーテンの隙間から
星明かりと一緒に差し込む白い顔の男である

翌朝、
私は自分の頭を持って

後頭部の白髪を見つけて抜いていた

なかへと

どんなにひろい傘をさしても、その細かな雨粒は身体のかたちをそってまとわる。

女ともだちもわたしも、「自分」を知りたくて　その日その家を訪れた。

蒼暗い空から、深い川の底から落ちる細かな霧という雨は、その電灯のまえでは黄色く照らされて、ずっととどまっているみたい。

雨はわたしたちが顔を上げているあいだにも、数えきれないほどとめどないほど地の上にあふれ出ているのに。

茶色のドアの前では雨は茶色の水玉煙幕となってとどまる。

わたしたちは、爪をわたる冷たさ生ぬるいドアノブをまわして、ぬれた傘をふるって家のなかへとはいった。

幅のひろく、ながい廊下が占い師の肌の色のように、玄関からくらく伸びている。だれもでてこないので、わたしたちはまわりを見わたし、右手におおきな鏡があるのを確認して、ぬれた靴をぬいであがった。靴をずらすと、足型が大きく石の床にうつった。


占い師は、私たちに二人がけのソファをすすめた。廊下のおくには、軽い板のドアがあって、あけると占い師がわたしたちを立って待っていて、左手にはまた大きな鏡があった。

占い師の黒髪は染められたもので、白と黒のひげのまじるあごの下あたりまで伸びている。

彼は、わたしたちのうしろについているという守護霊という存在、わたしたちを強く操っている存在を見、真似をしてくれるのだという。

おじさんはわたしの女ともだちをじっと見つめ、立ちあがり、「コッコッコー」と手足を振って舌もだした。ニワトリかな、とおもう。それから、歌謡曲を歌う男の真似にうつった。ラジオのようにのどという線がふるえる音が空気をふるわせわたしたちのほおをゆらし、軽い服の布までゆらした。あげてはおろす男の手。歌謡曲をうたう男の物真似は続き、ともだちの守護霊という存在のようすを、うつり変わるのを納得して見つめている。

女ともだちの霊視が終わってしまうと、ほこりとすすに黒ずんだ白っぽい部屋は静かにひろくなった。おじさんは対面のソファに腰と尻をうずめ、何も言わずにすわっている。

わたしの霊視を、と思った。鏡にうつらないわたしの存在のかたちと輪郭を、おじさんの金茶色の瞳で代わりに見抜いてほしかった。

おじさんは腰をうかせ座りなおし、胸元にあまったボタンの服（えび茶色）をひっぱって整えた。

二点の金茶の瞳が、私の二点の瞳に向けられて、厚い唇のかたちを縦と横に動かせた。

「あなたには、人の真似のできないものが憑いていらっしゃる。（それ以上、占い師はなにも言わなかった）」

わたしたちは、鏡の反射と吸収を左右にうけつつ、半身を鏡の容量に受け入れさせつつ、その家を出てそれぞれの家へ帰っていった。

犬

飼い犬の様子がおかしくなった。はじめは人の踵《かかと》を追いかけて噛みつくところから始まった。久しぶりに実家に帰って両親と話をする私を、扉の隙間から細目で見ている。奇妙な顔つきをするようになった犬を無視して、私はさっさと一人暮らしのアパートに戻った。

休日の朝、犬がアパートまで訪ねて来た。インターホンのモニターを見ると、犬がまるで悪い婆のような顔つきをしてカメラを見ている。

このアパートは動物禁止の物件である。急いで部屋の中に入れると、私を突き飛ばすように細い廊下を走り抜けた。そして冷蔵庫に入っていた米の袋から透明の計量カップを取り出すと、思い切り私の顔に向かって投げつけた。計量カップは私の右瞼《まぶた》に当たって床に落ちた。それから箪笥の中の人形を引きずり出した挙げ句、別れた男からもらった安物の髪留めを床にぶちまけた。

肩で息をする犬の背後に立ち、お前ふざけるなよ、殺すぞと言うと、昔風呂場で殺したことのある奴がよく物を言えるものだなと怒鳴り返された。咄嗟《とっさ》に傘の先で鼻つらを突き刺すと、泣いているのか子どもが笑っているような鳴き声を出して、部屋から出て行った。床に落ちた血痕を拭き、米の計量カップをゴミ袋に入れたときに、きっと大家に動物を中に入れたことは知れてしまっただろうと思った。それからすぐに大家から電話がかかってきて、約束を守れない人は出て行ってくださいと言われた。母親に飼い犬が家を訪ねてきましたとメールすると、「最近元気がないのでそちらに行ったかもしれません」と返信があった。

一週間くらい経ってから、ふたたび実家に帰ると、犬の顔が新聞紙と同じくらい大きくなっていた。真白《ましろ》な毛は顔が大きくなった分まだらになり、目元はピンク色の地肌が顕れて、どこか苦しげである。表情に険がある。しばらく見ない間に、幼さの抜けてしまった飼い犬を見て悲しくなった。

ペロ、と呼んで、彼を背中から抱きしめた。牙を出してうなっている。そのうちに、犬が白くて大きなものをテーブルに吐きだした。

動物病院の診断書だった。

「あと893g減量すると死にます」と印字してある。

顔は大きくなってしまったが、背中や頬は骨と皮でごつごつしている。きっとまもなく、彼は893g以上痩せて死んでしまうだろう。そう思うと、涙が止まらなくなった。

ふと、実家の飼い犬は、顔が正三角形に似て小さくて、背中ももっとほっそりとしていたことを思い出した。リビングの扉を開けたときに、わずかな隙間からすり抜ける彼の背中を思い出す。

今抱いている犬は、顔だけでなく、背中も狼のように大きい。泣きながら、私はいまどこの犬を抱いているのか分からなくなった。

小さな幻影と大きな幻影を追う

少年同士の心中事件が話題になる
警察官が湖の氷を警棒で割ったことがニュースになる

私はメトロノームの針を指で止めた
あたりに鳴り続ける音は
妹が湖面を撥《ばち》で打《ぶ》っていたのであった
そのうちに　湖面はより一層固くなったようであった

宅急便の配達人が帰らない
受領印を捺した私の目を不満げに眺めている
玄関の鍵を締めると寝室のくもり窓の外に立っている
大きな音をたててガラス窓を開け私が文句を言うと、
配達人はやけに長い茶封筒をびらびらさせながら
帰らせるのに必要な一万円の賄賂をもらっていないと怖い顔をする
罵声を浴びせると、配達人は何度も振り返りながら出て行った

いくら綺麗に化粧をしても
自己制裁が私の顔貌《かおかたち》を変えてしまう
これは自己制裁の道である

上役に笑いながら酌をする
上役が「もっと笑いなさい」と言う
私は男の顔を鏡のように覗き込んだ

突如飛行機が空中で止まり、落下を始める
「正気《しょうき》行」が「池袋《いけぶくろ》行」に変更となる
気がつくと池袋駅で昔仲違いした男と待ち合わせをしていた
「さっき、飛行機が落ちたんだけど、どうなったのか自分でも分からない」
大きな声で話しかけても、彼はなにも答えない
群衆の中を　振り返らず行ってしまう
私は彼を追いかけ、池袋駅を出て
びらびらと大きな横断歩道を急ぎ足で渡ってしまった
あたりを見回しても墜落した飛行機の噴煙は一向に上がらない

池袋の街は、すれ違うひとで溢れている

出せ

先生《せんせい》、先生と何度も息をした。舌先で、くもった空気を薄切りにした。電車が切断した空には、一昨年に亡くなった祖母の顔が浮かんでいた。水色の遠心力が田園風景をくるくると回すと、臍《へそ》は背もたれに吸いつき、陽光が、胸部を押す羊水となった。耳に膜張る騒音の全てが透き通る胎内だった。目の前ですやすやと眠る男の股間は、祖父のようなゆるゆるとした勃起を示していた。

祖母の顔を避けて飛行船の流れる先に、赤色の集合住宅があった。明鬱な昼の最中に、女たちがベランダの手すりにたわわに実り、一人一人、赤幕を舌のようにだらだらと垂れ下げていた。幕は新しいものだったが、牛の肝臓のように錆びた赤色は不快だった。彼女たちは皆、肩までの太い黒髪をパーマ液でくねらせ、目と眉の辺りは、濡紙に墨汁を一滴落としたほどに黒い広がりとなって、表情をはっきり読み取ることはできなかった。

毛穴に一柱一柱埋葬されたファンデーションや、使い込まれた硯のように不透明な目玉を直接に見てしまい、私はぶるぶると震えながら手のひらの汗を、無心を装って膝へなすりつけることしかできなくなってしまった。

「cocco《こっこ》」

知らぬ間に私の隣席に埋もれていた花柄の老婆が、祖母を装ってくれた。しかし、妙に汗ばんだ体から湧き立つ、睾丸のような生臭さから、この女は今日生理なのだと思った。しかも私の祖母にしては猿のように小さく、腐った枇杷を思わせる口臭は、体温35度の乾いた舌でぬくぬくと精製されていた。老婆は舌に生えた苔を、人工の上歯の刃先でこそげ取った。便器の白さに茶色い汁がかかったが、暗い穴に、汁は吸い込まれてしまった。少し安心して、私は水気を吸ったばかりのしぼんだ腹に、ぐたりと顔を押しつけた。息を吸うと腹は茶色く、喉は柔軟剤の臭味でいっぱいになった。すると老婆の伸びきった皮膚と薄い衣布が、私の鼻孔をぴったりとふさいでしまい、息を吸うことが出来なくなった。わたわたと指指をまげまげ唇もとがらせ動揺したが、頬にはすでに彼女たちの視線を感じていた。視線の押す鈍痛と、心臓が細かく破裂するぷちぷち感の不快さに、私の肺は更に縮み上がって歯軋《はぎし》りをした。老婆は、私の固く丸まった背中を台にして、しなびた顔を直接にあてぬよう、そっとわらびもちのような二の腕で薄い顔立ちを囲っていた。昔の女は、失う顔が無かった。

　そうすると、赤い自動車が道路を渡った。その赤が、彼女たちの赤幕を更に際立たせた。巧妙な罠なのかもしれなかった。

そろそろ誰か倒れるはずだと直感すると、つり革にぶらんこしていた、一人の不注意な若者が崩れ落ちた。愚かだった。頭からうんこして、四肢は無意味に宙をかき混ぜていた。重油漂う田のケラと、殺虫剤を浴びてなお生きるゴキブリの様だった。すると電車は跳ねて乗客たちの尻を叩きつつ、彼女たちを通り過ぎて、私たちに赤色は及ばなくなった。

老婆を放し、生理臭の水滴にまみれた顔を上げると、やはり男は倒れていた。口からは、かまぼこのように太く赤い舌が飛び出していた。この男のうっ血を見れば、彼女たちの赤は、鹿の股から流れ出す鮮血だった。それだけに、私も他の乗客も、彼に対して冷ややかな視線を存分に注がざるをえなかった。先程まで勃起しながらすやすやと眠っていた前の男でさえ、修羅道の鬼神のように顔をしかめて彼を見つめ、股間はすっかりしぼんでしまっていた。一身に人々の嫌悪を背負い込んだ彼は、人に嫌われるのが嫌で、半ば慌てて舌をしまおうと息を止めたりしたのだが、唇の中に舌をつめこんでも、まばらな黄色い歯からはどうしてもこぼれてしまうのだった。その内に、黄色い泡を吹いてしまった。

真白かった薄手のTシャツはさらに黄皮に貼りついた。私は彼のその様子をまるで黄色いセルロイド人形のようだと思ったが、

「いちごショートケーキに、濃厚なマンゴーソースをかけたらどうだろうか」

と早口につぶやいてひとり膝を打ったコックもいた。

「COCCO《こっこ》」

硬質の車内放送が流れた。大学まで、あと一駅だった。

心はもう電車を降りていた。

私は九条さんを愛していた。彼女とは、高校一年生の時に同じクラスだったきりである。彼女を見ているとき、物語を動かす重大なワンシーンで

ある、キャラメル色のフィルムを、陽に透かしてただただ茫然《ぼうぜん》と眺めているような気になった。彼女はまるで鳥のようだね、と単純に形容した女生徒が許せなかった。美しい鳥が指先に触れたときに感じる穢れを、九条さんに感じるはずもなかった……

九

九

九

九

九

九、

九

条

「それは実に、死んだ鳥に準ずる有様であった」

今朝同じ車両に居合わせた教授は、腹を立てた様子で顔も上げなかった。温和を強調する丸眼鏡も、狂気じみたものに見えた。

滑走する包丁も、向きさえ合わなければ平気だったが、その間も蝉はせわしなく「緑青《ろくしょう》緑青《ろくしょう》緑青《ろくしょう》」と啼《な》いて、私は本当に不安になってしまった。手を見ると、爪の生えた指は合わせると全部で十本あり、一つずつ確実に指を折れば講義終了だった。

不均衡の排水溝が刻まれた爪先から、心はもう、部室にあった。

後足を蹴るように4限後部室へ駆けてゆく。

すると九条さんは死んでいた。同級の男女4人と、九条さんの恋人である悟さんが、折れ曲がった釘のような格好で、テーブル越しに話し合っていた。テーブルには、グラスで縁取られた水溜りがいくつも出来ていた。

女がグラスを持ち上げると水が楕円に宙に浮かび、視線と共に靴紐に落ちた。同時に、私の視線も落ちた。しかし彼女の大きな黒目は、手のひらに吸いつく大型の水滴さえ忌々しげに追っていた。

「えみと話していると、自己紹介だった」

悟さんが指の腹についた水滴を、指紋の溝にそってジーパンになすりつけると、飛白《かすり》の入った群青の線が引かれた。

「昨夜はリストカットの話だった。男の脳と女の脳は違うんだと思った。矮小であり不完全で、絶えず男とくっつけたがる。えみの場合、特に顕著に思えた。

伸びきったゴムを怠慢にはじくような声で、電話のようなことを語る女を家畜のように思う。しかし、男は油断してしまう。軟体の触手に触れたくて、知らず知らずのうちに耳を受話器にあててしまう。そうすると、脳の交接が始まる。真皮むき出しの本能で、小さな脳を俺の脳に必死にくっつけようとする女が本当に気持ち悪かった」

つう、とつぶやいて女が側頭部をひっかいた。

「手首じゃ何も解決しない、脊髄と脳の繋ぎ目である脳幹を切断せよ。そうでなければ、男は女から身を守れないものだ。

そして午後12時08分、えみは首元に墓標を刺していなくなった」

夜の夢の中で、便所の扉を開いた途端、笑いながら私の腹に白い腕を巻きつけてきた九条さんを思い出した。

「本能が性格が本能」

Tがつぶやいた。4人はあごのできものを爪でつぶして同意を示した。

「すると、青い靴はすぐそこだった」

悟さんが笑った。ブラインドが音を立てて揺れた。オチがない、と言って皆が笑うと、陽は少し沈んだようだった。

バスが橋を乗り越えようとするとき、黒い空が川面に幕をかけた。土手は黒炭を全て飲み込み、乱反射を許さなかった。私の瞳も吸い寄せられるようにそちらを向くと、九条さんの白い顔が川に広がっていた。慌てて降車ベルを押して、長い階段を突き落とされるようにバスを降りると、無表情に思われたアスファルトには、行き先もなく番《つがい》に追いすがるシラサギや、陰毛を生やした植物が生い茂り、ところどころ隆起沈降しひび割れていて恐ろしかった。四八方に煌々と白髭を揺らすバスは、瞬く間に私を置いていってしまった。最後部座席の爺だけは、刻々と小さくなる長方形の窓枠の中で、いつまでも私を見ていた。

「女々《めめ》しお」

三十秒ほど歩けば見えるはずだった橋も川も、闇に紛れ少しも見えなかった。気を抜けば、指先まで闇に溶けてなくなってしまいそうで、全身に力をこめ前進した。とがった草先が足だけでなく目や胸までも刺すようで、私はただただ苦しかった。

「女々しおおお」

後方から赤い車がゆっくりとやってきたのが分かった。そうして、ライトもつけずに、私の体の周りをとろとろと回った。

ずっと目を開いていたら
暗闇は痛みを伴いつつ目の奥に沈んだ

田を六つ程越えた向こうに、あのアパートはあった。間伸びた尻の節々を幾重にも屈折させた蜻蛉《とんぼ》が、緑青《ろくしょう》に輝く稲穂をぶらぶらと揺らし、干上がって底があらわになった用水路には、無数のザリガニが腹を出し眠っていた。

苔が覆い尽くすかのように黒ずんだ赤い集合住宅は、電車越しに見るよりもずっと身近な感じがした。

「COCCO《こっこ》」

昨日電車で聞いた、今となっては懐かしい女の声だ。

アパートの手すりには、女たちが収穫間近の葡萄のように連なっていた。手招きすると、くねった黒髪は剛《つよ》くゆれ、私の姉に思えた。固い階段をかけ上がると、手羽先に似た足の甲の骨が痛んだ。いつもならそんな些細なことは誰にも言えないはずなのに、私は笑いながら自分の足を指さした。女たちの口も笑った。いまなら、正常より内側に入り込み変形してしまった私の踵《かかと》のことさえ笑い事にできそうだった。

優しさに囲まれた私は、水中深く守られた海水のように穏やかでいるはずなのに、揃いの黄色いワンピースも着ていない上に、髪型も彼女たちとまるきり違っていることがとても恥ずかしく思えた。そのためにどこか疎外感は消えなかったが、初めての時は誰でもそういうものだと自分を励ました。彼女たちも、私をどこか妹のように思っているようだった。

赤幕が配られた。今日の当番は、私の背面に居を構えた女性だった。布にしみこんだ母乳の臭いが鼻をついたが、あえて汗ばんだ手のひらにごしごしとなすりつけた。

「わたしは母乳で育ったのです」

両手で赤幕を受け取ったとき、私がそう言うと、女はもにゃもにゃと口を動かして微笑んだ。目はやはり見えなかった。

冷たい手すりに肘をのせ、家のことを考えていたら、線路上を何百万もの青い小人が全速力で駆けて来るのが見えた。すると遠くから、銀色に緑《りょく》線《せん》の入った電車が、アパートに向かって滑走してくるのが見えた。

四角い窓の中に悟さんがいた。

呑気に白いイヤホンを耳にさし、白い本に目を落としていた。

私の喉の奥からは、

「キュッキュッキュッ」

という心臓の音が規則正しく漏れた。鼓動の正確さがかえって私の息を乱した。

私は両手いっぱいに赤幕を広げた。しかし、悟さんの油脂が、窓ガラスを白くくもらせてしまっていた。赤幕を震わして風にもたなびかせたが、私の絶叫は脂に浮き上がり轟音にかき消されてしまった。

もう電車は通過してしまう。喉を鳴らしても鳴らしても、声は悟さんに届かず、喉が人より弱いのかもしれないと思った。もう赤幕を捨てて泣き出してしまいたかった。


出せ！

出せ！
出してお前も死ね！！

心臓の血が塊となって、私の脳や胸の息さえもぐらぐらとうねらせた。
しかし情念は形を伴わず、非力でどうしても悟さんを倒せなかった。
電車の中の数人が、私たちの存在に気がついたようで、顔を伏せた。
悟さんは、いまだ本に夢中だった。

「cocco《こっこ》」

すると、鳥が啼《な》くような声だった。

「

こ
こ
こ
こ
こ
こ
こ、
こへ、
お
いで
。
」

列車が轟音と共に金属の悲鳴をあげた。胸を引き裂かんばかりに列車は叫び、乗客たちの胸ぐらにつかみかかって大きく腰を揺らした。

見ると、悟さんは、舌を緑の根元まで出して倒れていた。

勝利だった。

振り返ると、青い鞄のような顔した九条さんが立っていた。

夜の思い出

私の恋人は老いている

彼がいたので、私は
旧《ふる》い恋人を川に流した。
帰り道、電車の外を眺めていると、
民家の軒先に一人の婆が倒れている。
足首から下が血に染まっている。

トンネルに入ると、黒幕が垂れた。
しばし、車内は静寂……
（みんな、わたしの思い出が見たくてうずうずしている）

目を覚ますと……
私は62歳になっていた
そうなると、隣の男は80歳近くという計算になる
私たちは、湖の対岸の山に沈む夕日を見ながら寄り添っていた
湖面に橙色が張り　しばらくすると
辺りは濃い闇に沈んだ
星さえ瞬かぬ夜になった

目が覚めて、暗い布団の中で、
私は今、
自分が26歳なのか
62歳なのか分からなくなった

せっかく夜になったので、私はもう
目で見た映像を全て消した方がいいのだろう

月から赤い裾が垂れている
見ていると、さっと直してしまった
いつもの月である

（また内面が表層に嘘を吐いて喧嘩をしている）

電車が揺れて、再び黒い垂れ幕がかかる
私は席を立ち、歩き始めた。
山の下には、工事灯ばかりである。

山道には電灯がないので、闇のなか白色をたよりに歩くほかない
空には黄色の欠けた月がかかり、
それを二本の落葉樹が塞いでいる。
私は足下の白い舗道をひたすら歩く。
後ろから、ライトで照らされた。
振り返ると、原付バイクが背後で止まった。
「俺は、お前をひき殺そうと思ったよ」

曳いてくれるのか。
私の恋人は、すでに物語を読む力さえ残っていない

薄子色

「お地蔵様がお饅頭をたくさんもらうのは、お地蔵様が誰のものでもないから。より江ちゃんも、母さん父さんを亡くしたら、たくさんお饅頭をもらうことになるよ。」

路傍の地蔵のとなりにかがんでいたら、節子さんからそう言われた。

夕焼けが絣の着物を赤く染めていたが、確かにその日も、節子さんは薄子色の着物を着ていたと思う。

節子さんは、本当に薄子色の着物がよく似合った。

薄子色とは、赤みのない青ざめた色である。


十年も子どものできない節子さんと伴に、四日歩いて千葉の山水寺へ出掛けた。

外観こそ荒れていたが、小間使いの男が「暗い暗い」と言いながら戸を開けると内には金色に磨かれた観音像が置かれ、赤い刺繡の座布団が敷かれていた。

貼られていた注意書き通りに、村の婆を呼びに行った。

山水寺の祈禱によって、子を得たという婆たちである。

四人の老婆が集まり、子宝祈願の祈禱が始まった。

三人の婆が経文を読み、
一人の婆が観音像の玉台から焦げ茶色の塊を取り出す。

木彫りの赤児人形だった。

婆に渡され、祈禱が終わるまで、節子さんは木偶の赤ん坊を抱いていた。

夜になって布団に入ると、霰が降るような、戸を叩く細かな音がいくつもする。

戸を開けると、赤ん坊が十人ほど並んでいた。

近くの山から下りてきたのだという。

節子さんがそのうちの一人を取り上げると、九人の赤ん坊たちは山へ顔を向けて帰っていった。

皆、人形と同じ顔をしていた。

節子さんが選んだ子は大人しい赤ん坊だった。

しかし明日家に着くという頃になって、夜に荒い息をし始めた。

もういい、もういいと赤ん坊は首を振り、口を開いた。
「俺の心を、空を浮く雲のように思ったこともあったが。
目を閉じても消えない不安は、心中の山の如くある」
そう言うと、名前の付く前の子は、苦しげに咳いた。
「俺が死んだら、この胸を裂いてほしい。
そうして、堅くて悪い山を崩してくれ」
明け方、青紫色の煙の下に積もった、亡くなった赤ん坊の灰をあさると、
緑色の粒が出てきた。
「山なんかに殺されて」
節子さんは肩をすぼめ、親指と人差し指ですり潰し、土の上に捨てた。
家に着いたのは、夕日も小さな山に隠れた黄昏時だった。
玄関の奥に吸い込まれる節子さんの背中を見ると、着物の薄子色は沈んだ

ように深くなった。


摘んでは枯れる花をたくさん見たから、葬式に花は要らないと何度も言っていたが、町の人々は節子さんに花を惜しまなかった。

火葬が済んで、葬儀所の男が灰を持って来た。

長い箸が手渡された。

男は骨を一つ一つ取り上げ、部位の説明をしていく。

「これが、生きている間胸をふさいでいた堅くて悪い山です」と盆から粒が取り上げられる瞬間を想像したが、その時は訪れず、節子さんの灰は壺のなかへしまわれてしまった。


山の中へ入って、精霊として暮らす場所を見つけた。

木々の間を走り回る梟になろうかと思ったけれど、小さな木と小さな木の間に、ひっそりとうずくまり休んでいる、熊程の大きさの梟になる。死ぬ数日前に、そう話した節子さんの声は、私が彼女を思い出す上での山の灯火となっている。

付《つ》け文《ぶみ》

桂の木が隣の赤いポストを吸って、ポストが枯れてしまった
月の盤面が桂の葉に巻かれている
実家には過去の自分がいて、
帰ると父の後ろから飛び出してきて
私を殺そうとするので家に帰れなくなった
近くに老人介護施設がある
暗くなった部屋で眠る老婆の記憶が届く

髪を結った女が、しだれた枝に手紙を結んでいる
近づいても、女との距離は一向に縮まらない
ホログラムのように、小さく遠くに浮かんでいる

おとうさん

変な話をしたい。

保育園の頃、私にはお父さんが二人いた。それは母が、二人の男の妻をかけもちしていた、という意味ではない。「ほんもののおとうさん」とは別に、「ほんもののおとうさん」そっくりの、「にせもののおとうさん」が家を出入りしていたのである。

私の両親は共働きで、二人とも埼玉県の公立中学校の教師をしていた。

生徒が教科を勉強する時間はせいぜい限られるが、中学校教師は生徒の二十四時間の生活指導も同様に求められる。だから父も母も、二十四時間働いていた。

そんな感じで、私が生まれてからも、二人はずっと忙しかった。毎朝、眠ったままの私に、母が着せ替え人形の要領で服を着せ、父が肩に担いで保育園まで走って届ける。朝、私がぐずると、その日の保育園はお休みになった。両親は私を家において、それぞれの職場へと出かけていった。


静かになった寝室で、私はぐっすり眠る。至福のときである。しかし、近所にある小学校の朝礼の鐘で、目が覚めてしまう。緑色に点滅するデジタル時計を見ると、まだ九時も過ぎていないことに気づく。再び布団に入るが、眠れない。

保育園の頃といえば、漫画も、インターネットも、もちろん携帯電話も見ない。テレビの面白さも分からない上、一人で外出もできない。両親が帰ってくるのが早くても十八時。何もすることがないというか、何もできない。

とりあえず、テレビのあるリビングへ行く。チャンネルを動かすが、ドラマも、ニュースも、ワイドショーも意味が分からない。

「おかあさんといっしょ」も、お母さんと一緒に見なければつまらないものである。仕方なく、ソファーでぼんやりとしている。


すると、「おとうさん」が、二階から降りてくることがあった。

「まあちゃん、なにしてるの」

驚く私が口を開く前に、「おとうさん」は先手を打つ。それに受け答えしている間に、日ごろから父と結婚したいと思っている私は、驚きさえ忘れてしまう。

「きょうは、なにしてあそぶ」

お絵かきしたい、というと、「おとうさん」は、父と同じように、新聞の間にはさまった広告を抜き出す。そして、裏が白地の広告をすうとつまんで床に敷いた。私がクレヨンでおとうさんの絵を描いてみせると、「おとうさん」は楽しそうに笑った。おとうさんもなにか描いて、というと、「おとうさん」は何本も線を引いた。父は、本来絵が得意である。しかし「おとうさん」は、何色ものクレヨンを使って、丁寧に線を引くことしかできなかった。しかし、それは特に気にならなかった。

「おとうさん」は、父が帰ってくる前に、とにかく様々なことをしてくれた。おやつを作ってくれることもあった。「おとうさん」が指を曲げると、その指がそのままロールケーキになった。白い紙をハサミで細く切って、それをうどんにして食べてしまったり、カッターナイフの刃を消しゴムに変えて、「いたくない」と指先で触れてみたりした。

そうして、夕方になると気がつかないうちに、父と入れ替わっているのである。

もうすぐ小学校にあがるという時期になると、昼間に見るおとうさんは、なんかちょっと変だな、と思い始めていたように思う。私を包み込んでしまうほどの大きな舌で鬼ごっこをしたときは、普段の父とはあまりにもかけ離れていて、私は大泣きしてしまった。「おとうさん」はしょんぼりと舌をしまうと、どこかへ行ってしまった。

「おとうさん」は、父が帰宅した夜にも、姿をみせるようになった。それは、たいてい父が眠っているときである。一緒の布団に入っている父が眠ってしまったのに、私の目がさえて眠れないとき。

「おとうさん」は、障子越しの窓にはりついてみたり、廊下を走り回って、私を呼んだりする。直接的に姿は見えないのに、「おとうさん」だとはっきり分かる。

そして、保育園を卒園し、小学校への入学を楽しみにしていたある夜。私は、母と一緒に風呂に入っていた。湯船で、濡れたタオルに空気を包んで遊んでいると、

「ドンドン　ドンドン」

と窓が叩かれた。

見ると、赤ん坊のように小さな足が一本、窓を叩いていた。母が悲鳴をあげた。私をしっかりと抱いて、

「お父さん、早く来て、お父さん、ねえ、ちょっと」

と叫んだ。

私は、不思議と恐怖を感じなかった。なぜだかはっきりと、「おとうさん」がお別れを言いにきたのだと思った。その後、小さな足と入れ替わりに父がやってきた。酔っ払いのいたずらだろう、と言って家の周りを確認

した。もちろん、だれもいなかった。
それから、「おとうさん」は現れなくなった。

家の格子

祖母は幼い頃
家の厠の白い電灯に
亡くなった叔父の笑顔が
点いているのを見たという

（実家は我々の異界である）

私は机に挟まった金魚を
つまんで外に出してやった
金魚は縄を跳ぶように　跳ねて
神棚へと走り去った

家の基礎の部分にはめられた
鉄格子の向こう側では
梶井基次郎と夏目漱石が
鬼怒川の崖を穿《うが》った
古風な露天風呂に浸かって話をしている

彼らの顔は胡麻粒ほどの大きさである
こちら側はうららかな四月の陽気だが

向こう側は少し曇っている
昨夜の雨の影響で
鬼怒川の流れは激しく
時折彼らは川の様子に目を落とす

五月になれば　私は家を出る
年を経るほど　この格子窓からは
自分から遠いものが見える

赤い洋灯の点く歌合わせ

三月十三日は寒い日だった。屋根がパタパタと鳴った後、雀が鳴き始めて、辺りに細かい音が広がった。雨が降ってきたのである。犬が下に敷くタオルを探して廊下を歩いている。私は簞笥から、厚手のズボンを探した。父と母はリビングでテレビを見ている。兄は部屋でまだ寝ているようだ。

雨が強くなるとともに、屋根の樋から落ちる滴も太ってくる。土と芝の香りが立ち上ってくる。家の中が暗くなる。

病院でも、昼前から雨が降り出した
松の木の下で、赤い服を着た看護婦が二人で泣いている
松の瘤《こぶ》が、最近病室で亡くなった小さな子どもの顔に似ているのだという
瘤《こぶ》が私の顔に見えて、私は厚い傘の中に自分を隠した
父が植えた植木の下で、
やすだ医院の一行が弁当を食べながら話し込み、
アルマイトのふたで顔を隠して笑っている
「ものを見るときに自分の顔が見えるのは傲慢さの証」
赤い服の看護婦二人も笑い出した
我々はもうずぶ濡れである
前髪から生暖かい水滴が顔に垂れると、看護婦から目を塞がれた
息が苦しくなり、私は魚のように口を開けた

家の表から見える丘下では
街の高層ビルの蛍光灯が一斉に光る
開演前のオーケストラの音合わせに似た音が夜の街から鳴っている
家の裏側に回ると、建築物や機械の灯りから遠くなり、空の星座が一気に
近くなった
弓矢の形、天秤の形が星座を知らずとも砂絵のように浮かび上がる

白いボーイングが一機、暗い鉄塔の上を通り過ぎていく
その後を、鉄塔を軽々とまたぐ、巨大な白い看護婦が追いかけていく
「薬師如来《やくしにょらい》様だー」
酔っ払いの男の叫び声がする
鉄塔のサイレンが鳴り出した

〽お堂から響く太鼓の音に合わせ
大けやきの周りを狐と狸が足を上げて
拍子をとりながら回っている
わたしもその後についていく
三回回ったところで
二回は消えてしまった

白い看護婦の太腿《ふともも》を、鉄塔の赤い洋灯が弱々しく照らしだす
光明普照、除病安楽、苦悩解脱

新世界

宇宙船に乗って、十二月に水星へ出かけた。
走行中に船内の電気が消えてしまうと息苦しくなったが
前に並ぶ宇宙船の暗い列を見ていると落ち着いた
やがて明るい水星が見えてくる
初めは蛍のように小さく揺れていた水星が
徐々に山のように大きくなる
船内にドヴォルザークの新世界交響楽が流れると

水星上陸のアナウンスが流れた

まもなく午後七時である
地球が最も水星に接近する時間である
地球は真珠ほどの大きさで宙《そら》に浮かび、
私は手すりにもたれて良い場所で眺めている
太陽の光も届かず、 地球の輪郭が明確に見える
「地球が沈んだら一気に暗くなるんかな」
家族に問いかける男児の頬も
観光客の肌の色も全て青い光に照らされている
カメラのシャッター音が響く
私も機器を取り出し水星から地球を撮影した

地球を映した写真は
宇宙の特殊な発光により　夜闇がオレンジ色に反転し、
まるで夕焼けを映したような写真になっていた

幼い頃、全ての色を混ぜれば透明になると父から習った
自分で絵の具を混ぜたら黒くなった
地球が水星の地平線に接すると、丸が楕円に膨らんだ
黄昏の瞬間　光と影が溶け合い
私たちは数秒間　銀箔の霧に包まれた

In the photo, the peculiarity of the light in space
flipped night's black to orange,
so the whole thing looked just like a sunset.

Put all the colors together, my father told me when I was little,
and they become transparent, but when I mixed up all my paints
I was left with black. The Earth met Mercury's horizon,
its sphere swelling to an oval. As dusk fell,
light and dark blended with one another, and for a few seconds
we were wrapped in a silver-foil haze.

New World

Translated by Motoyuki Shibata and Polly Barton

I got on a spaceship and set out for Mercury one December.
When the cabin lights went out, I started to feel claustrophobic
but watching the line of dark spaceships ahead calmed me,
and eventually Mercury came bright into view.
At first it was no more than a firefly wavering tiny in the distance
but it grew larger, until it loomed ahead of us like a mountain,
and as Dvorak's *New World Symphony* rang out through the ship,
the loudspeaker announced that we had landed.

It was almost seven in the evening,
the time that Earth drew closest to Mercury.
Earth was floating in space, the size of a pearl,
while I was leant over the railing to get a good view.
There, beyond the reach of sunlight, I could see its outline clearly.
"When the Earth sets will it get dark?" I heard a boy ask his parents.
Like all the tourists' skin, his cheek was bathed in blue light.
With cameras snapping all around me, I got out my own device,
and captured our planet as seen from Mercury.

初出一覧

鯉は船に乗って進む	「文學界」2017年11月号
サンタ駆動	「現代詩手帖」2018年5月号
篠の目原を行く	「東京新聞」2018年2月24日
御祝儀	「未明02」、2018年5月
なかへと	「ZUIKO」1号、2018年12月
犬	「ZUIKO」1号、2018年12月
小さな幻影と大きな幻影を追う	「望星」2018年10月号
出せ	書き下ろし
夜の思い出	「三田文学」2018年春季号
薄子色	「現代詩手帖」2015年2月号新人欄
付け文	「文藝春秋」2018年10月号
おとうさん	「ユリイカ」2018年3月号
家の格子	「読売新聞」2018年4月27日
赤い洋灯の点く歌合わせ	「現代詩手帖」2019年1月号
新世界／New World	「花椿」冬号、2018年10月

雨《あめ》をよぶ灯台《とうだい》　新装版

著者
マーサ・ナカムラ
発行者
小田久郎
発行所
株式会社　思潮社
〒一六二―〇八四二　東京都新宿区市谷砂土原町三―十五
電話〇三（三二六七）八一五三（営業）・八一四一（編集）
FAX〇三（三二六七）八一四二
印刷・製本所
創栄図書印刷株式会社
発行日
二〇二〇年六月三十日　新装版第一刷
二〇二一年三月三十日　新装版第三刷
（二〇二〇年一月二十五日　初版第一刷）